カインの祈り

澤本佳歩
歌集

明眸社

カインの祈り

目次

I

II

III

IV

V

凡例　聖書本文の引用は『聖書　新共同訳』（日本聖書協会）を用いています。
また、エッセイに登場する人名は敬称略といたしました。

カインの祈り

I

梯子

患いて街を離れたわたくしをやさしく照らすヤコブの梯子

この病は主の栄光を現すと語ったイエスに縋りつくのみ

神妙

〈院長〉先生は、と訛りて在否たしかめる〈神妙〉というアクセントにて

院長の出勤を聞き終えてからエンジンかける通院の朝

「ごみごみと降る雪ぞら」を　待合の書棚の賢治全集ひらく

＊ごみごみと降る雪ぞらの暖かさ
（『校本　宮澤賢治全集　第六巻：詩Ⅴ』［筑摩書房］「句稿」）

腕時計しきりに見つつ三十分超える診察にするための問い

信者より電話あるかと医師が訊く　病の原因そこにあるかに

診察室でれば冷視を向けられる　正午近くに患者は数多

暗雲のもと立ち話する児等と遠吠えの犬に胸騒ぎする

軋り

夢のなか監視されつつ詠む歌に拘泥するほど語のほどけゆく

真夜醒めてアイロンかける　安寝《やすい》より母を引っぱる軋《きし》りを立てて

アイロンを掛けるあかときハンカチを買った遠近《おちこち》よみがえりくる

浴槽に溜めゆくお湯の水面打つ音《ね》が着信に似ていて焦る

背のロゴのPRODUCEDなる語を忌みてリバーシブルを裏返し着る

第一歩

「長い目で働く自信つけましょう」相談員に言われて怯《ひる》む

一般の就労成らず水端《みずはな》の入院先の友の面《も》よぎる

体験の前の不安に電話する「遅れてもいい」と優しき返事

久々にすがしい朝の空気吸う出勤の人足早に過ぐ

初対面の僚友《メンバー》が訊く「新しいスタッフですか」こわばりながら

「障害者ですよ」「馬鹿言っちゃいけないよ」なおも表情こわばる僚友

＊

一葉に満たぬ工賃だけれども帰宅一番母に伝えて

日傘

薔薇の枝と葉を整える掃除婦のまなざし熱き市役所トイレ

炎天を縫う涼風に鳴っている鈴はいずこと日傘かしげて

フラダンス踊りつつ母の口ずさむ節は音飛ぶレコードのように

陽炎の立つホームへと滑り込む中央線に吸われゆく群れ

工賃

お祭りにみんなと歌う「ハナミズキ」前夜に小声で練習をする

作業所の南瓜をもらい帰りくる重みに幾度も持つ手を換えて

スプーンの検品をして悴《かじか》んだ手が編み物の毛糸を慕う

指先の震えおしつつシュシュを編む朋《とも》の呼吸はうっすら弾む

百円の工賃の重み噛みしめる仕事を終えてジュース買うとき

作業の手ゆるり動かす朋を見てついほくそ笑む自らを恥ず

作業所は卒業しゆく場と語る人に諾いつつ浮かぶ面々

主われを愛す

わたくしを目当てに教会に来る人へ丁重に説く「主が第一」と

クリスマスギフトを夫君《ふくん》に選びつつ迷う信徒の眼差やさし

黙々と鬼胡桃むく人の背に主の洗足の姿かさなる

「主われを愛す」を歌う礼拝に滂沱の人の肩へ手を置く

哀歌

薩摩芋むいて汚れた指先を眺め今年を顧みている

ジャム瓶のラベルの誤植に気づいてもずっと無言で貼り続けてた

一回り若い男《お》の子が間をおいて三たび褒めくるチュニックブラウス

「佳歩ちゃん」と歳下の子に呼ばれてる　僚友《メンバー》たちに馴染んだ証

「山梨に来てから働いてないよね」あっけらかんと職員は言う

若き日に軛負《くびき》う幸説く哀歌　朋に分かてず二年が過ぎた

ダンボールの組み立てさえも褒めくれる作業所にいて優しさに馴る

ころおぎ

体調を訝る上司の声聞きて相談員は電話をよこす

誠つげられ動揺のうち進めゆく採点の手は常より疾く

鹹になりふて寝決め込む昼過ぎに雷《らい》は響《どよ》もす海鳴りのごとく

懐く児の丸付けるのも最後かと顔を見遣りて心で手を振る

幼児《おさなご》が「ころおぎ」と読み先生が「こおろぎ」と言う　それも遠き日

II

癖字

食べては吐く父の求めた惣菜が入院前夜の食卓に載る

入院が明日と決まった父憂い箸の進まぬ大食の弟《おと》

保証人にわが名は既に書いてある父の癖字に印も捺されて

うすかわを剝す唇ひりひりと父のＤＮＡ舐めている

手続きをわが方むいて伝えくるナースと母の顔見比べる

誓約書出した明くる日に届く障害者手帳二級の知らせ

密葬の見積り取ると母が言う生暖かい大寒の日に

褪めゆきて

求人サイトのCookie示す歳がもう三つに増えて誕生日は鬱

面接の知らせに頬を上気させ花もも小脇に家路を急ぐ

「山梨は田舎でしょう」と遜《へりくだ》る面接官に苦笑いする

面接の泡と消えゆき立つホーム春のコートが風を孕んで

バンクーバー《バンクーバー》五輪閉幕の夜のニノ・ロータ「道」を微熱にぼんやりと聞く

司書資格めざす一歩を阻む御手《みて》　適応訓練すんなり決まる

ウェブ管理を頼まれながらその実は瓶にひたすらラベル貼る日々

十代に恋うる三十路よドップラー効果のように褪めゆきて春

爛漫をすぎて散り敷く花びらに引き立てられる蒲公英の黄

心病む人へのそしり聞き流すことも適応訓練のうち

ギャルソンのワンピースに空く虫食いに遠ざかりゆく春の後姿《うしろで》

鼻唄

雛の日を寿ぐちらし寿司詰める教会員に鼻唄ひとつ

アラフォーの牧師の妻にと推す人にかぶりを振って春分の昼

焼きそばが卓に並《な》むまで弟の空き腹に消えるイースターエッグ

大学に進んだ子の髪明るむを牧師夫人が「ぱつきん」と呼ぶ

ジグザグ

桃の花摘もうと仰ぐ枝先に飛行機雲が長く筋曳く

逆様に吊るした傘に摘み入れる桃の花唇《かしん》が微風に零れる

編み上げた帽子の鍔《つば》に落ちてきた花びらを取る言葉少なに

ジグザグと右折左折を繰り返す信号待ちに耐え得ぬひとよ

欄干より身を乗り出してアカシアを引き千切るひと信号待ちに

箴言を貪り読む日　毒舌の人への僅かな抵抗として

遺影

買いたての車を背《せな》に笑む父に遺影を思い撮った冬の日

カテーテル付けつつ父は地図ひらく遠く能登へと想いを馳せて

深更のテレビに映るごちそうを食道がんの父が見つめる

家中に布団たたきを探す父　抗がん剤にむかつき止まず

携帯の家族割で得たクーポンが父を見送る喪服に消える

賀状だけ交わす寡婦《やもめ》を茨城より引き取ると言う末期の父は

大学を出つつ稼げぬ吾をかこつ父に聞こえぬふりをしている

報酬を多くもらうは搾取だと四年の学びの末の結論

身体《しんたい》との別《わかち》を知らず障害者控除に喜ぶ父の稚し

細りゆく父は葬儀の段取りをワープロに打ち家族に配る

墨付

土曜日の外来は混む　健常と違わぬ顔が俯いている

病歴の申立書を繰る医師のわが目の前に涙かくさず

教会はほどほどにとの墨付に煙たがりつつ安堵も少し

信心と妄想分かてぬ医師に就き九年目に聞く父君《ふくん》が僧と

処方とは違う眠剤渡されて中を改める習慣がつく

病歴をとくと穿《ほじく》り返された受診の後に仰げる桜

障り

まず切って「じゃあここからね」と包丁を他の作業所の参加者に渡す

「味見してください先生」「いえわたし障害者です」告《の》らざるを得ぬ

健常に見えると励ますやさしさの底を流れる偏見を嗅ぐ

年金を貰うに障りあるのかと生活保護の朋が五度訊く

身内にも「気が狂った」と言われた主イエスはわれと痛みを分かつ

心病む人が取り沙汰されていて社会適応訓練《しやてき》の事務所に身を硬くする

同列に見られたくない　母にある差別はわれの裡にもあって

骨箱

うすら開く瞼にのぞく瞳孔の翳りは店に並む魚《うお》のごと

胸と頭《ず》の骨の微塵と成り果てて焼場の炉より父の出でくる

仏式の望み叶わず骨箱に十字張られた父の心地は

骨となった父を伴い帰りきて夕餉に酌めるビールの苦し

納骨で広々空いた食器棚の上に変わらず活けている花

軋轢

弔いの雨に皺《しわ》める讃美歌を牧師に返した夕に訃のあり

幾枚も皿を洗いて痺れくる左手は主に守られていて

ことごとに母の様子を問いかける牧師を往《い》なすわが不信仰

献身の勧めに惑いているわれに「軋轢の間に立つ仕事だ」と

III

蒼天

二年《ふたとせ》を放置しておき癌化した影いがいがとエコーに浮かぶ

ハンバーグ大の切除を伝えるに明けて事務所を訪う指導員

（縫い痕が残るのそんな嫌ですか）エメラルダスの鼻筋は美《は》し

「大丈夫、大丈夫さ！」で締め括る君のメールが日ごとに届く

オペを待つ個室の窓の澄んだ空ＦＥＢＣ聴いて安らう

キリスト教放送局

オペのあと訪える牧師が読み示す「万事が益となる」との聖句

手術終え虚ろな脳に「ふるさと」がまぼろしとして谺《こだま》している

差し入れを抱え見舞いに来る方にせめてと持参の絵葉書わたす

訪う人みな寒さは今が底と言うぬくぬく過ごす病室はいい

手術より欠かさず部屋に足運ぶ医師をいつしら待ちわびている

春は名のみの

外来を通り抜糸へ向かうとき患者らの目が寝間着に泳ぐ

右の示指でトラックパッドを押す度に腋下に雷の閃きわたる

重き荷を戒められる身になって嵩ばる鞄二つを捨てた

病院のサイトの画より痩せたかとちらちらと見るドクターの貌

半身を露わに為せるドレナージに身震いをする名ばかりの春

袖ぐりのぴっちりとしたブラウスを母へと譲る一枚二枚と

夕刻に訪《おとな》う悪心まぎらすと氷を含む幾片ふくむ

脱毛がさわさわとくるばっさりと抜ける恐れをひらりかわして

吐き切って胃酸も吐いたわがために茹であげられたにゅうめんの膳

五度吐いたと洩らせるわれに「手を握ってあげたい」というツイートがくる

豪雨にて爪弾く音しか聴こえないフラメンコギター　今宵は冷える

すみれ

つむじより薄くなりきて片側に靡ける髪をこわごわ梳かす

スキーより帰った弟が目を逸らす家にて帽子着けている吾に

どうしようかなと主治医の独り言　白血球のわずかに足りず

イヤフォンに響くブラスが点滴の落ちる速度に呼応している

むかつきを紛らせようと外を見る　薄明にある菜の花の黄

日曜の午にわが家へ立ち寄りてアラセイトウを置きゆく信徒

生い茂る木香薔薇の枝を切る母の手際にドクター想う

予想より頭の形は悪くない　鏡に映る〈三つ目がとおる〉

キッチンで日記を綴るしののめにほそぼそ啼いている四十雀

綿キャップ浅くかぶるに通行の目を憚りつつ文受け覗く

すみれ咲く療養見舞いの絵手紙の宛名を見れば切手もすみれ

鳳仙花

八ヶ月顔を出さずにいたわれを時おり朋は寂しむという

澱む息いれかえている鯖雲のフロントガラスに大きくひらけ

「一般就労もうしたくない」職員の目は労わりかそれとも憐れみ

陋屋《ろうおく》の軒に繋った穂芒のまばゆい九月ひざかりの頃

鳳仙花のはじけて夏の終わりゆく二年ともたぬ適応訓練

近江弁

去就の意さだまるまでを待てる医師あと押しのみを責と任じて

いずれ来る死を主のもとへ帰る日と恐れぬわれに医師の頷く

教会を排したる亡き院長と真逆にわれの信仰を褒む

先生のぶれない近江弁を聞く　わたしはだんだん訛ってきました

幻聴を耳鳴りと言い換える意図汲めずに「ある」と答えての齟齬

*

「先生には何度も話していますよ」と初耳のごとく見上げる医師に

「本当だ。あなたは軽く話すから」カルテを捲り医師の見開く

愛燦燦

夕餉終えひとり雀牌かき混ぜる弟の部屋に点れる灯り

鉈にかき切った首根の癒えてきて鼻唄に出る「愛燦燦」が

弟の荒げる声に亡き父の影がゆらゆら見え隠れする

最大に俯角を切ったドアミラーを墓参の折に直す弟

遠くは近い

「どなたですか」身じろぎをせず朋は見る抜け毛に帽子まとう私を

キリスト教書店の所在尋ねきた会話がまさか終になるとは

小春日に隣村へと墓参り五十二歳で逝った僚友《メンバー》の

十年を納戸にしまっていた洋書読まないままに旧知に返す

「再発をしてたら治療あきらめる」テレビ観ながら母に呟く

わが言を反芻しつつ鼻すする母あり木の芽時の食卓

金春色

結構早く復帰したよねと言う職員　そう思われていたとは知らず

*

折り紙の上手な朋が笑みながら「佳歩さんは何色が好き」と訊く

「ペパーミントグリーン」は想定外か　朋は黙り込んでしまった

和紙の折り紙なる着物とりどりの中から「どれがいい」と差し出す

艶やかさに射すくめられて桃色の地に咲く白の桜を選ぶ

金春色《こんぱるいろ》を含めておいてくれたのに　どうしてわたし気づけなかった

エッセイ(1)——石巻に

塩害で咲かない土地に無差別な支援が植えて枯らした花々

近江瞬『飛び散れ、水たち』

近江は宮城県石巻市出身。東日本大震災が起こったのは東京の大学の三年次在籍中だった。就職活動真っ只中だった近江が「帰った方がいいか」と電話で問うと父は「食料が一人分減るだけ」と答えたという。しかし近江は卒業後に就職した会社を二〇一三年夏に辞め、石巻の新聞社に入社した。本歌集の第三部冒頭の掲出歌には、ただ口を噤むほかない。自己本位な支援への手厳しい批判というより事実そのままだというのが正しいだろう。

大地震当日から十日ほど後、作業所の朝会で私は近々行う予定の誕生会のお弁当代を被災地への募金に回しては、と提案した。すると、妹さんが宮城の大学で学んでいた他のメンバーが、妹からのアイディアの借用だと前置きして、手作りのマスコット等を被災地の保育園などに届けられないだろうかとおずおずと申し出た。結果的には前者は通り、お弁当代に当時の所長が個人的に大幅に上乗せした額を日本精神保健福祉士協会に復興支援募金として献げてくださった。後者に対しても職員は蔑ろにせず、手作り石鹸などを送ることも考えたようだが、届け先や配達方法の確保など難しい点が多く、実現しなかった。私には震災以前からTwitterの相互フォローの方で宮城にお住まいの方がいるが、震災から約一ヶ月後にさらっと「昨夜ようやくお風呂に入れました」とツイートされたことに絶句し、私達の精一杯の善意も自己満足に過ぎないことを悟らされた。

途切れつつ防潮堤は横たわる現場の作業員は足りない

掲出歌に続く一首である。私事であるが、震災当時家で燻っていた私の弟は被災地へボランティアに行き、石巻に寝泊まりして預金が底を突くまで復興支援に働いていた。そして一時は被災地での就職も考えた。石巻での所在が証明されないと面接が受けられないということで、災害ボランティア宿営地の弟宛てに適当なものを見繕って封書を速達郵送したのを覚えている。弟の就職は決まらず結局はこちらに戻ってきたのだが、複雑そうな表情の弟にはあまり色々問いただせず、そのままになっている。

　まとめるのうまいですねと褒められてまとめてしまってごめんと思う

この歌には、「2年前に結婚をした。妻と出会ったのは、震災ボランティアで石巻を訪れ、その後移住した女性が仮設屋台村の一画に開いたお店だった。そういうことは多くある。もしかしたら僕が今、仲良くしている友人たちは震災なくしては出会えなかった人たちの方が多いかもしれない。」と添え書きがある。

私の弟と屋台村の店のオーナーの境目が何であったのかは分からない。むしろ、判別の事由を断じようとするのは驕りですらあるかもしれない。
「まとめるのうまいですね」。被災者の窮状の訴えか、あるいは復興支援に携わる人への取材か、そういったものを近江は筋道立てて記事にし、後日それを褒められたという状況が目に浮かぶ。止め処ない不安や苛立ちを多くの人の目に留まるよう纏めてもらえ、インタヴューされた側は正直有り難かったに違いない。職業柄、混沌とした事象を整理して一定の枠組みをその都度与えていかなければならない立場にあるのだから、そう後ろめたさを感じなくてもいいはずだ。けれど近江は「まとめてしまってごめん」と思う。それゆえにこそ、私は近江の言葉に信頼を置く。お仕着せのようにキリスト教の言葉を充てがうのは少し躊躇われるが、この近江の姿勢は「愛」なのだと私は感じる。どういう愛……？　その問いへは次の聖句を以って返答としたい。

ただ、知識は人を高ぶらせるが、愛は造り上げる。自分は何か知っていると思う人がいたら、その人は、知らねばならぬことをまだ知らないのです。
（コリントの信徒への手紙 一8章1～2節）

二〇二〇年六月二十七日　記

IV

トマトを囓る

安否問う葉書の写真手ずからと知れば無音《ぶいん》を通せずにいる

詠草を促す文のあしらいを思い巡らす鮭とば噛んで

新しい出会いが待っていますという占いの載る同窓会報

結社の師の電話をきっぱり断った母の真直ぐさ　トマトを囓る

ラリるれろ

月曜の明け方の夢にうなされる既に募集は締め切ったとの

上擦った声にて礼の言述べる担当司書に漂う若さ

代読ボランティア養成講座に申し込んだ。

夕食の支度の音に司書の声がかき消されぬよう子機もち居間へ

パラフィンのかぶさるようにくぐもった声に早口言葉なす夕

巧いうたいま詠うまい痛いうた詠い今際もうたっていたい

階下へと洩れた発声ひや汗を滲ませ耳を立てたか母は

御言葉《みことば》を繰りつつ卑語に親しんだわが舌の罪知るラリるれろ

投球

入館の手前に含むのど飴をあわく香らせ定刻を待つ

こもりつつ響く小部屋にやや声のトーン落として頁をめくる

本文を区切れる箇所が見当たらず目の端におき読み飛ばす表

先の語を追いかけ息を継がぬ読みはミットの前で伸びる投球

文中の〈幾多〉あまたと読み上げて行き過ぎてからにじむ冷汗

初見にて読む内容の六割は目から口へと抜けゆくばかり

光源

司式者は「以下に」と軽く読み流す主を讃美する詩編〈如何に〉を

張りのある声に常より翳さすに説教終えた師に渡す飴

陽炎のうごく路へと持ち出したトラクトにある教の字いびつ

単4の電池はずせば後方《しりえ》うくヴォイスレコーダーは添水《そうず》のように

ライブラリより同期した説教を懈怠の様に聴き流してる

狗尾草《えのころ》に射す晩夏光うしなったものを今ではおもいかえさず

あなたにのみ栄光がありますようにと牧師夫妻の似通う祈り

光源をまぶしみ暗くする画面に間々みうしなうポインタの位置

週間の予想気温の字がかすむ代読始めた頃にもまして

エプロン

マンモという語が出てこずに合わせる手　無花果めきて主治医の前に

遠雷のごとき疑い　骨転移なしの結果にひっそり退《すさ》る

左右ちがう臭いの汗をかく右の腋のリンパを切除してから

あと一分《いちぶ》熱が引いたらシャワー浴ぶと決めて暫しの午睡にうだる

夢うつつに下の句こだまする午睡ホットフラッシュに包まれながら

わが癌を知らせた文の用なさず初耳のごとき顔色見せる

四年目の検査われから切り出せば主治医の軽く咳払いする

エプロンの紐が右肩より落ちる腫瘍切除に胸の傾いで

リュープリンの切れ目を訊けば定めなき事実を告げて医師の瞬く

背く

閉架より出された本の番号が大きく点る頭上の画面

信条に背く一語を含む題に目を瞠りつつその場に開く

閉じようにも斜めに浮いた硬表紙ブッカーきつく掛けられていて

苦手から箸つける癖ほんとうに読みたい本は後に取りおく

下読みの本に挟まる栞紐ずらしてはまた戻す幾たび

難読語しらべながらも読み流しあくる日の午《ひる》返却すます

展望

輪読のリップノイズをよく拾う学習室に息つめている

代読の月一勉強会

〈走って〉というアクセントで「帰って」と訛る仲間に釣られてしまう

アイスノン冷やす時刻を高らかに告げる着メロ慌てて止める

働いているものとして訊いてくる子どもを持たぬわが明るさに

展望を問う瞳《め》のひかり稼がねば無為に過ごしているとばかりに

大びらに水筒出せず会果てて車中に麦茶ひと息に飲む

memento mori

死を覚悟する連作を出してから返り言ない結社の先輩

いらつきを躱《かわ》す独話の「死にたい」に母の思い立つ月一ランチ

死にたいと独話するなら置き換えよ「あと○年」と治療済むまで

生きるため食べるだけです食べるため生きるのならば死にたいと思う

いずれ死ぬと思えば怒り遅れると言う誠実さ　止むとは言わぬ

弟が母に電話をかけてきて筑前煮の作り方を聞いた

作り方教えた母も弟も覚えておらず　追想のなか

唐揚げがいいなとぽつり言った吾に親子らの目が一瞬ひらく

「おばちゃんは煮物好きよ」と言った人　膵臓がんに若くして逝く

死に際のつぶやき「もっと光を」に改悛を説く牧師への違和

焼香をあげて踏絵を踏むような苦き心に浮かぶナアマン

死を希うつぶやき口に押し戻し浴槽みがく新涼の昼

断捨離のため再読を進めつつそれでも買ってしまう古本

f字孔

小春日に羽を透かしてひるがえり高度を下げる蜻蛉三つ四つ

縦割りにした林檎より現れるf字孔には蜜みなぎりて

駅前の色づく銀杏に掛けられた点灯前のライトきらめく

「黙する時、語る時」あり　詠むことも祈りもならぬ脳裏に浮かぶ

奏楽者と話す夕刻クリスマスカードに聖句かき写しつつ

ハンドベルより質朴に聴こえくるトーンチャイムの「いつくしみふかき」

在りし日の翁の臥所《ふしど》を訪れたキャロルを語る刀自《とじ》の遠き目

会堂に歌う讃美の響きからバスバリトンの途絶えて久し

たわむれ

旧字体のならぶ書物に滞る視線を煽るみずからの声

今日は声が低く通る　たわむれに来宮良子の真似をしてみる

ふと黙し字面を追えば行間を視線たゆたうたまゆらまどか

裡に読む音調いつかsyllableより山茶花になりきたる〈手のひら〉

積ん読本、借りる予定の本リストにしばし背を向け爪切っている

ひと月の暇を願う利用者がメールに潜水より息を継ぐ

エルダーフラワー

あくる日のうたた寝に立ち現れる操舵の残像《かげ》にやや酔う心地

幻聴の顕ちては消える速さもて検索かける午睡の iPhone

安定剤のめば気だるくなるものを眠いと言うのは罪なのですか

当事者によらぬ添削　輪転機に白飛びのしたJPGめいて

激昂の一日を帰りきて淹れるエルダーフラワー　もう忘れたい

エプロンを漂白剤に浸けたまま〈思い出し怒り〉に沈む二時間

薬効のきれたあかとき夢うつつの耳に渦巻く命数の唄

太ゴシック

尺玉の爆ぜる振動身に帯びて闇の深さに坐《ましま》す君か

精神の病明かすに返り言あらず情報メール山なす

ｉＰＳ細胞による網膜の手術の報にテレビに張りつく

検索は仮名がベストと熱弁ののちに謝る無言でいれば

再びの拝受に気づく視えづらい人いるゆえの太いゴシック

初日の出拝む掌から冷えて富士の紅さの視えたと君は

エッセイ(2)——「勁き心を窃む」

盲人の機関誌編集に眼を貸して君らの勁《つよ》き心を窃《ぬす》む

政石蒙『花までの距離』(『ハンセン病文学全集8:短歌』より)

歌意に曖昧さはない。ハンセン病そのものの痛苦、また病によって引き起こされた人間関係の煩悶を詠った歌が圧倒的多数を占める『ハンセン病文学全集8:短歌』にあっても、この掲出歌の類想歌は一つもない。

ハンセン病患者と一口に呼べど、四肢の末端から肉が削げていったり、鼻が欠けたり、目が見えなくなったり、その症状は一様でない。政石には視力が残されていたようだ。目が不自由になる者の多いハンセン病患者の療養施設においては、彼の「視える」ことは貴重だったはずだ。彼らの間で発行された機関誌の編集に借り出されたことは自然な流れだったに違いない。そして政石自身はそのことについて、「眼を貸して君らの勁き心を窃む」と詠んだ。他の患者らの目や耳に届く可能性も考えれば、こう言い切るのに勇気が要ったことは想像に難くない。

私事であるが、私は目の不自由な方への代読ボランティアをかれこれ三年三ヶ月の間続けてきた。それを「卒業」させていただいたのは昨年末。きっかけは、その五ヶ月ほど前に代読サービスの利用者の方から、その方と同じご病気の患者さんの会の機関紙の音訳（文章や図表・写真などを目の視えぬ人にも理解できるように訳して読み上げ、音声として録音すること）を頼まれたことだった。私は即座に、もう無理だ、と観念した。私の生活は、精神障害者の年金で成り立っている。身体障害や知的障害よりも病状寛解の可能性が比較的高い精神障害の場合は、一度年金の支給が決定されても、その後の病気の経過・社会復帰の程度によっては支給を打ち切られることもある。つまり綱渡りなのだ。私が乳がんを宣告されても、手術やその後の治療に安心して専念できたのは、障害年金によるバックアップがあったからに他ならない。しかし、術後五年を前に集中的な治療の一区切りを迎えようとしていた昨年の夏、今のままの生活を続けて行ったものか迷う気持ちが出始めていた矢先、音訳の依頼のメールが入った。私はスマホから即お断りの返信を打った。それ以降、代読卒業へと舵を切っていったのである。

私の決断は正しかったのだろうか。マタイによる福音書5章41〜42節 に「だれかが、一ミリオン行くように強いるなら、一緒に二ミリオン行きなさい。求める者には与えなさい。あなたから借りようとする者に、背を向けてはならない」というイエスの言葉がある。私は御言葉通りに生きることができなかった。

昨年度の県の障害者文化展に、私は代読ボランティアについて詠んだ短歌の連作「影になって」を提出した。乳がん罹患を機に黒衣に徹する決意を固めたかのような内容だった。今振り返って思う。多少の善意で始められたことにせよ、私の代読ボランティアは自己陶酔の域を出ていなかったのだな、と。そして、「編集に眼を貸」すことさえしなかったのに、「君らの勁き心を窃」んであのような連作をまとめたのだな、と。
『ハンセン病文学全集8：短歌』の中には、政石のように視える目を他の患者のために用いた永井静夫の歌もあった。

ポケットに眼鏡忘れず持ちていづいかなる代書けふ頼まれむ
永井静夫『冬風の島』

私は現在、視覚障害の方のために何もしていない。だが、可能な範囲のことで何かを頼まれたのなら、反応できる自分でありたい。それが、代読サービスの利用者の方にできるせめてもの恩返しだと思うから。

二〇一七年九月三十日　記

V

独我論

iPhone のメールチェックに覗いてる画面をきみも見つめて並ぶ

ミニトマトのアイコのようにすらりとした血色のよき爪に目がゆく

試すごと謎かけてくる茶目っ気にあふれた眸《まみ》にちょっと弱って

仕事中に浮かんださささやかな話題おもいだそうと眉間のゆがむ

唸り声おそれるきみにKeith Jarrett《キース》だと吹き込みひとしきり笑わせる

プーランクの墓とつぶやき造詣を認められつつ正されている

「緩徐章が」「カンジョショウって？」「アダージョです」きみは手加減してくれなくて

猛烈な眠気に襲われている昼　きみはフィンジを熱く語りて

曲名を二度聞きしたるエクローグ　夕餉の前にiPhoneで聴く

「佳歩さんはつらいことに遭い過ぎたからフィンジの深さが解らないんだ」

音質の良し悪し分かち合えないときみの唱えている独我論

Eventide の意味を問われる「even はジャズでは均等に吹く」としか

のっけから破にて始まるきみだけど 11th《イレヴンス》までぶっ飛ばさないで

人生を仕舞い始めたわれわれの手を生《せい》の方へと引き戻すきみ

寝乱髪見てなるまいと目を伏せて飴のみ取り出し去る休憩室

後姿《うしろで》にかけた一語に振り返る眸《め》の凛々しさに少したじろぐ

躊躇なく「病気」と語るわたくしにきみは重たき口を開いて

「直すべきものなんですか」そのままでいいんだよと即答のできずに
深淵に沈んだ記憶さぐり出しひと言をおくまでの沈黙
病気ではなく障害と主張する声にこもった静かな怒り

かなしみを伏し目がちにて言うきみの長き睫毛を見るともなしに

ネブカドネツァル

甲州弁さける我が家も使ってる「決めつけちょし」は優しい言葉

鼓舞もせず落としもしない「がんばっちょし」のんびり行こうの声が聞こえる

作業所のネブカドネツァル　私にはのんびり行こうとちょっと優しい

幸せな風があなたに吹くように山姥めいてしまった君に

うさぎの耳

生き死にを茶化せるわれを遠のいて昼餉の卓につく僚友《メンバー》ら

自虐ネタ言えば傷つく朋がいるそんなつもりはなかったけれど

「自らの選んだことが遠くいる人を苛むことだってある」

自己欺瞞みとめられない弱さをも（受け容れなさい）と軽く睨まれ

ひそやかななみだ聞きわけるともだちにうさぎの耳の影ぼうしあり

思惟

炉心めく身を横たえて iPhone の画面に日々のコラムを辿る

充血の眼にて追うハンセン病歌集に見える盲《めしい》の生活《たつき》

ひと息に書いた鑑賞横になりながらスマホで推敲をする

炎上のコメント新着欄に魘つ夢にうなされているあかとき

喀血か吐血か糺《ただ》す労おしみ粗い言葉に推敲を為す

二日間晒したあとに取り下げる自己陶酔の一首鑑賞

鑑賞に描き切るのをためらいて書棚に戻すユダのあとさき

縊死のユダに触れたき筆を押し止める　教会に来る自死遺族あり

鑑賞のかたちが見えてくるまでと箪笥の上に歌集を寝かす

出典を辿れば読みは深まるか　二冊目終えても道のひらけず

原典の読了ごとに遠ざかる歌の汀に立たされひとり

実作より鑑賞の筆の進まぬと閉塞感の湧くはいつから

歌意のつと降りてくるのを待ちながら含めるように読む宮柊二

眠いまま開くページに挟み込むＦＥＢＣ番組表を

書きつけるネタを探して読み飛ばすわが再読はいつも疚《やま》しい

どのような引き寄せも断つ題名の由来となった歌の結句は

一首への思惟に沈みて御言葉を手繰りながらも裁くなわれよ

鑑賞の思案に募りくる私情ふり解くまでの時間の長さ

書けそうな予感を仕舞う私には想像でしかない親心

信徒には好かれる自己に傾いた鑑賞を斬る歌論が刺さる

本意から逸れる鑑賞書くわれにエアリプのごと雑誌の歌は

知ってたら書けなかったろう　かいなでの鑑賞をそのままにしておく

匿名の寄稿に礼を言うべきか目を逸らされて二週の主日

木目

メシアンを弾くオグドンより立ち昇るスケート靴の刃のスピン音

フィギュア観ている母の間に戸を隔て皿洗いする厨は暗く

目を上げた先の暦は払われて壁の木目に視線が泳ぐ

初雪の噂たつ宵　充血の眼に追うタイムラインはまばら

熟睡を断つ着信にもうろうと受け応えして覚めてくるオフ

ぼたん雪降る中だるま作る児の腰にジャンパー背にランドセル

礼の言をカンディンスキーの葉書に書き氷雨の中をポストへ急ぐ

Nobody Knows the Trouble I've Seen

あいつ追い土手を転げたはだしのジョー　君との勝負も素足のままで

土台にとされる上背もつわれの場所から崩れていくピラミッド

打たれても痛くはないよ　そのつもりなかったんでしょ　大丈夫だよ

巫女になりたいわけじゃない　ただ御子に従いたいだけ　それだけなのに

ゴング鳴りしらふに返る酩酊のごとき意識の皿洗い中

収まらぬ腕の震えに怯えつつサハスラブジャかケンシロウかと

柔和さは確かに祈り求めたが王座は願ってないよ、神様
マタイによる福音書5章5節

「明日のため打つべし」だった二十代　今はサンドバッグとなり果て

悲しみのクラウン

恋のたび病める心を御しがたく平城山《ならやま》のふし噛みしめている

彼の面影を恋うのが老残を恐れてならば罰せよ、イエス

本当はジェルソミーナの心でも気狂いピエロと言われてもいい

君の歌のよみがえるたび閃光のようにもがいて　私はひとり

われに棲むイエスの影を慕ってる君と知ってた　悲しいけれど

サクリファイス

ごめんねと首に引きゆく包丁が命中をせずもがく鶏

嬉々と近寄ってきた研修生が一瞬に首たち落とし去る

逆さまに放血台に突っ込めばぶるっと震え静まりてゆく

首断ちに目を潤ませる女子たちも解体作業には加わりて

平飼いの鶏なれば硬き肉かみ締めかみ締め今夜のカレー

その晩の眠りの間ずっと手に解体しゆく臓器のぬくみ

クローンの臓器提供三たびまで　主の十字架は一度そして何度も

カズオ イシグロ『わたしを離さないで』

追いつめてしまう私に棲んでいる蛇《くちなわ》の影くきやかにあり

足を持ち鶏を釜茹でしつつ笑む写真一枚いまも手許に

エッファタ

トロントで真の教会さがす友に「隣人愛せ」とそれとなく書く

『アクィナス』を読み終えた夜の夢に顕つ硬き面輪の母教会の牧師

山本芳久『トマス・アクィナス - 理性と神秘』

エッファタは「ありがとう」との溜息か　思い出せない名のあの人へ

幼日に火花散らした筆勢はそがれて隅の親石となる

幾人を煩わせたか省みるほどに切なるカインの祈り

半年の黙唱を経てふたたびの讃美冴え冴え牧師の声に

朗唱に打ち震えつつ前列の婦人が鞄より出すハンカチ

朗唱の余韻のうちに公同の祈祷に自ずと出ずるアーメン

Birdland

厨辺のくしゃみ二つに"Bless you !"のごとく鳴きだす朝《あした》の雲雀

独り老いゆくのをどこか知っていた大貫妙子を好きな中二より

ター坊を聴くうちそぞろ歩きへと引っ張ってゆく山階基

玄関の上を横切りゆく鳥の一羽が覚ます「よくきたね」の節

矢野顕子の GREENFIELDS 口ずさみ花野をスマホに撮りつつ歩む

「よく書いた」御声はせぬが屋根のうえ大音声《だいおんじょう》のエールの鳥たち

橋わたる車のフロントガラスへと神の指が刷きゆくすじ雲を

信仰が種なら啄《ついば》まれていいよう鳥が遠くへ運んでくれる

あとがき

「歌集を出さないの？」

二〇一七年八月二十七日の日曜礼拝に行った際、教会員で私が以前所属していた結社に入会のお誘いをして下さった方から訊かれた。「『小窓から…』（教会だより）のための執筆や編集などが忙しくて、正直それどころじゃないです。教会だよりは待っている方々がいるから、それを放っぽり出して自分のことをしているわけにはいかないです。歌集は自分の栄光のためのような気もしますし」と答えた。

その後、二〇一八年二月に『ＮＨＫ短歌』で私の歌が入選したことを放送の一週間前にお知らせすると教会員は色めき立ち、複数の教会員から歌集を望む声が出るようになった。そのことに心を留めつつも、教会では伝道委員として行事のチラシ作りや運営などにも奔走していたし、おいそれと私事にかまけているわけにもいかなかった。

しかし、何度か歌集出版を切望する声をかけてくださる少数の方に、私の心はだんだん動いていった。それで、出版社の企画や賞に応募してみたが、箸にも棒にも引っ掛からなかった。でもその過程でまとまった数の歌を揃えていたことで、歌集を出そうという気持ちは整っていったと思う。

二〇二二年の年初、一年の目標の一つとして内々に「歌集原稿を出版社に入稿する」という項目を掲げた。けれど、どのタイミングで行うか全く見当はついていなかった。私は某日の朝に入浴していて、風呂場で（歌集を出版するのは御心《みこころ》なんでしょうか。どうすれば良いんでしょうか）と心の裡に祈った。すると、その日だったかその翌日だったか、ツイッターで相互フォローの西巻真さんが「くさぶえ出版教室」というオンラインセミナーを開催するという告知をツイートされたのである。「歌集を出していいんだよ」と神様は私に仰っているのかもしれないというあやふやな気持ちは、確信に変わった。その後しばらくして西巻さんとのやり取りが始まり、明晔社の市原賤香さんに引き合わせていただき、このたび上梓の運びとなった。

歌集の大きな流れとしては概ね編年体で歌を並べたが、連作のまとまりをより重視し、初期の作品で思い切って歌集の後半に持ってきた歌もある。

歌集中にたびたび登場する「僚友《メンバー》」「朋《とも》」の語は、作業所（就労継続支援事業所）のメンバーのことを指している。作業所の職員の方やメンバーには仕事や生活の色々な場面で助けていただいた。

歌集を編むに当たってお世話になった方々は沢山いるが、まず触れておきたいのは、ツイッターの【イヤな短歌会】の方々のことである。歌集の本文では注を付けていないが、V部の「ネブカドネツァル」の最後の一首「幸せな風があなたに吹くように山姥めいてしまった君に」は、砂狐《さこ》さん出題の上の句に付けたものである。また、同じくV部「うさぎの耳」の「自虐ネタ言えば傷つく朋がいるそんなつもりはなかったけれど」は、深水遊脚さん出題の下の句に付けた一首である。実はこれまで、私の歌はどうも他の方々と感覚が違い過ぎたようで、結社にいた頃もあまりに理解してもらえず、どんどん説明的な歌を作る方向に走ってしまっていた。イヤな短歌会に参加することで、言葉を詰め込まずに伝わる詠い方、ひいては詩情を学ぶことができたと思っている。

それから、私の日々の生活や作歌においては矢野顕子さんの音楽に支えていただいた部分が大きい。Ⅲ部の「遠くは近い」は矢野顕子さんと今は亡きレイ・ハラカミさんのユニットyanokamiのセカンドアルバム名から頂戴した。また矢野顕子さんのGREENFIELDSという曲の歌詞は、Ⅴ部「Birdland」の複数の歌や、同じくⅤ部「うさぎの耳」の小題の元になった歌にも多大なヒントを与えてくれた。

また、Ⅲ部の末尾に添えた短歌エッセイで鑑賞を書かせていただいた歌集の作者・近江瞬さんは、拙ブログからのこのエッセイ転載をご快諾くださった。感謝に堪えない。

ご校閲の労を取ってくださった西巻真さん、編集の市原賤香さん、私の撮った写真を素敵なデザインの表紙に仕上げてくださり、内容面でも大きな示唆をくださった花山周子さん、栞文のご執筆をご快諾くださった堀田季何さん、冨樫由美子さん、西巻さんに深い感謝を捧げて筆を擱く。

澤本 佳歩

二〇二二年十二月

澤本佳歩　略歴

1972年　神奈川県生まれ。
2001年　精神状態に異変をきたし、先に山梨に移住していた親元に連れてこられる。
2007年　統合失調症の再燃を機に作歌を始める。現在、日本キリスト教団 韮崎教会会員。

歌集　カインの祈り

二〇二三年三月二〇日　初版第一刷発行

著　者――澤本佳歩
装　幀――花山周子
発行者――市原賤香
印刷所――株式会社シナノパブリッシングプレス
発行所――明眸社
〒一八四―〇〇〇二 東京都小金井市梶野町一―四―四
電話　〇四二―二一―五五―四七六七
https://meibousha.com